KB106643

공중을 들어 올리는
하나의 방식

.

공중을 들어 올리는
하나의 방식

송종규 시집

민음의 시 213

민음사

매 순간 첫 문장인 미래에게, 해와 달과 꽃과 바람과
사랑하는 연우에게

너에게 주고 싶은 한 우주, 그리고 이 싱싱한
아침의 한 잎사귀

2015년 가을
송종규

차 례

공중을 들어 올리는 하나의 방식

기억의 반을 세월에게 떼 준 엄마가 하루 종일
공중에게, 공중으로, 전화벨을 쏴 댔다 소방 호스처럼
폭포를 이룬 소리들이 공중으로 가서 부서졌다

휘몰아치는 새 떼들

머리 위에 우두커니 떠 있는 공중, 나는
공중에 머리를 박고 공중에 대해 상상하다가 공중을 증
오하다가
털신처럼 깊숙이 발 밀어 넣고 공중에서,
공중을, 그리워하다가 들이마시다가

깊은 밤 불 밝힌 네 창으로 가기 위해
내 방의 불을 켠다
네 불빛과 내 불빛이 만나 공중 어디로 가서
조개처럼 작은 집이라도 짓기나 한다면

이것은 연애가 아니라 공중을 일으켜 세우는 하나의
방식

모든 공중에, 모든 공중을, 의심하거나 편애하거나
생략하기도 하면서

휘몰아치는 저 새 떼들

녹색부전나비의 문제

이를테면, 껍질은
수많은 버선을 화폭에 걸어 놓고 떠나간 화가의 뒷모습
같기도 하지만

나는 내 몸을 싸고 있던 껍질을 벗자마자 그것을, 말끔
히 먹어 치웠다

내 겨드랑이에서 날개가 돋아날 것을 짐작하지는 못했으나
나는 내게, 우월한 족속이라는 최면을 건 적 있다

높은 데로 비상하는 것은 내가 꿈꾸던 삶의 방식이다
그러므로 제 몸을 먹어 치운 대가로 날개를 얻었다고 수
군거린들 무슨 상관이 있겠는가만

솔직히 볼품없고 징그러운 껍질을 세상에 남기지 않는
것은
내 우월감과, 공중과, 우유부단한 구름 때문이다

문제는 공중, 공중에는 또 수많은 공중이 있다

구부린 책

켜켜 햇빛이 차올라 저 나무는 완성되었을 것이다

꽃이 피는 순간을 고요히 지켜보던 어린 나방은 마침내 날개를 펴, 공중으로 날아올랐을 것이다

바스러질 듯 하얗게 삭은 세월이 우체국을 세워 올렸을 것이다

숲과 별빛과 물풀들의 기억으로 악어는 헤엄쳐 나가고 행성은 궤도를 그리며 우주를 비행했을 것이다

천만 잔의 독배를 마시고 나서 저 책은 완성되었다

자, 이제 저 책을 펴자
잎사귀를 펼치듯 저 책을 펼치고 어깨를 구부리듯 저 책을 구기자

나무의 비린내와 꽃과 어린 나비가, 악어와 우체통이 꾸역꾸역 게워져 나오는 저 책

저 책을 심자

저녁의 우주가, 어두운 허공인 내게 환한 손을 가만히
넣어 줄 때까지

자작나무

달걀하고 커피하고 자두를 사러 갔는데 노란 버스가 신호등을 방금 통과해 갔는데 매미 소리가 진동하는 8월의 주말 엿가락처럼 늘어진 생각들이 자작나무를 올라타고 앉았는데 나는 애드벌룬처럼 둥둥 공중으로 떠올랐는데 어느 해 여름인지 감자 찌는 냄새가 자욱했는데 나는 매캐한 햇살을 눈꺼풀 밖으로 털어 냈는데 어느 여름 눈부신 하루 해가 덜컥 공중에 걸렸는데

자, 달걀하고 커피하고 자두를 사러 가자 신호등 앞에서 자작나무 그림자가 뚝 멈춰 섰는데 누군가 솟구치고 누군가 태양 속으로 걸어 들어갔는데 백설기처럼 말랑한 말들이 구름을 부풀어 올렸는데 구름의 발목에서 물방울 같은 것이 반짝하고 사라졌는데

자 이제, 달걀하고 커피하고 자두를 사러 가자 달걀하고 커피하고 자두하고 열두 시가 시들기 전에 독배처럼 향기로운 정오의 커피를 끓이러 가자 물방울 같은 말들이 반짝하고 사라지기 전에 자작나무 숲을 건너가자 신호등을 부수고 가자

달걀하고 커피하고 자두를 사러 갔는데 다리 한쪽이 덜
컥 자작나무 꼭대기에 걸려 있었는데 바람이 스치고 지나
가는 정오의 햇살이 자욱했는데

분홍

저 작은 꽃잎 한 장에 천 개의 분홍을 풀어놓은 제비꽃,
저것을 절망으로 건너가는 한 개의 발자국이라 한다면

아침부터 저녁까지 허물어지는 빛들과, 소용돌이치는 바
다를 또 누구의 무덤이라 한다면

바이올린과 기타와 회중시계가 들어 있는, 호루라기와
손풍금과 아쟁이 들어 있는 액자 속을 고요라 한다면
층계마다 엎드린 저 납작한 소리들을 또 불운한 누구의
손바닥이라 한다면

하루 종일 꽃잎 곁에서 저물어도 좋겠네 절망절망 건너
는 발자국마다 분홍 즙 자욱한 삶의 안쪽
손바닥으로 기어서 건너가도 좋겠네

세상은 슬픔으로 물들겠지만 꽃잎은 이내 짓무르겠지만
새의 작은 가슴은 가쁜 호흡으로 터질지 모르지만

슬픔으로 물들지 않고 닿을 수 있는 해안은 없었네 짓무

르지 않고 건널 수 있는 세월은 없었네

눈부신 분홍, 한때

낡은 소파 혹은 곡선의 기억

내가 처음 밟았던 문턱의 둥근 부분
구름이 떠메고 가는 구름의 이력서
저물던 바닷가 전화벨 소리, 당신

시시콜콜 인간의 것들 다 기억하는 나를
아주 많은 날짜들 지난 후에 지울 수 있으리라 짐작하
기도 하지만
당신이라 의심되는
내 안에 저장된 너무 많은 겹겹 당신

그러나 모든 것은 안개, 환유, 공공연한 비밀, 거대한 나
무, 당신

꽃 핀 들판이나
낙타의 느린 보폭, 허술한 회계장부 같은 내 낡은 문장에
혹, 당신을 새겨 넣어도 좋을는지

그러나 당신에 대한 기억은 쥐라기 공원, 초인종, 내 몸
이 기억하는

난해한 곡선 몇 개

혹, 당신
언제 내 곁을 스쳐 간 적이나 있었는지, 혹 언젠가
나는 당신을 사랑한 적 있었는지

아주 객관적인 햇빛이나 쇠락한 왕조의 뜰 같기도 한 삶에
당신이라 의심되는, 내 높고 낮은 기억의 소용돌이를
첨부해도 좋을는지

혹…… 당신,

흰 강

외출에서 돌아온 어느 날 식탁이 사라졌다 초인종은 멈
춰 섰고 피아노는 두드려도 소리가 나지 않았다 방의 소품
들은 하나씩 자취를 감추고 마침내 나는 내 이름을 기억
할 수 없었다

누군가 모함한 게 틀림없으므로 희뿌연 창과 벤자민과
손목시계를 의심하고 해와 달과 아래층 여자를 의심했다

난생처음인 맛, 난생처음인 풍경, 생애 처음인 지독한 폐허

침대와 의자와 외투를 다시 사고 꽃들의 일련번호를 바
꾸어 달았다 옷장을 다시 사고 패물을 사들였다 가진 것
전부를 다 내어 주고 몇 트럭의 햇빛과 안락의자를 사들이
고 반짝이는 블라인드를 창가에 매달았다

스펀지 같은 밤이었다 달빛은 파문을 그리며 스며들어
왔다 희뿌연 창 너머 안데스 호수의 소금 같은 짜고 빛나
는 것들이 옹기종기 앉아 있었다 내가 사랑한 적 없는 내
가 거기, 수많은 당신이 거기, 소복했다 반가워서 이름을

불렀지만 웬일인지 목소리가 몸 밖으로 나가지 않았다

　　당신은 물론 허황한 픽션이라고 말하겠지만 정오에 꾼
꿈, 혹은 미래가 보낸 잠언?

　　창을 뚫고 들어온 햇살 때문에 두루마리 화장지가
　　눈부시게 흰, 강을 이루는 짧은 한낮

손목시계에 얽힌 일화(逸話)

그를 따라갔는데 경찰서였다 그를 따라갔는데 햇빛 환한 자작나무 숲이었다 그를 따라갔는데 밤이었다 그를 따라갔는데 여름이었다 그를 따라갔는데 성당 입구였고 그를 따라갔는데 시청이었다 그를 따라갔는데 시뻘건 국물 끓어오르는 국밥집이었다

그는 도서관 같기도 하고 더러, 친절한 애인이나 사기꾼 같기도 하지만

그를 따라갔는데 호젓한 물가였다 그를 따라갔는데 변방이었고 그를 따라갔는데 한 시대가 흘러가고 있었다 그를 따라갔는데 별빛이 녹아내리는 열하(熱河)였다

그는 구름의 발자국과 헐거워진 짐승의 뱃가죽을 갉아먹었다 그는 상투적으로 계약을 파기하고 상투적으로 나는 파 먹혔다, 그러나
나는 슬픔으로 터질 것 같은 서쪽 하늘을 그와 함께 바라보기도 했다

문제는, 서로에게 피안이 되지 못한다는 것

　문제는, 우리는 서로에게 응전의 한 방식으로 존재한다
는 것

　그는 밥이나 도토리묵을 먹듯 나를 갉아먹었다 내가 아
무리 꺽꺽, 운다 해도 그는 떠나지 않을 것임을 안다 애초
부터 그는 선량한 동행자는 아니었다 그러나 이 길 위에서
그가 행한 무례를, 그가 베푼 달콤한 환각의 기억을 잊을
수 없다 그러므로

　마침내 나는 없어질 것이다

　그를 따라갔는데 지하철이었고 그를 따라갔는데 공원이
었다 그를 따라갔는데 적멸에 이르는 길이었고 그를 따라
갔는데 주석(註釋) 가득 달린 긴 문장이었다

　그는 마치 집요한 스피커나 목각 인형의 배꼽 같기도 하
지만

묘혈

별빛은, 꽃이 피는 순간을 고요히 지켜봤을 것이다 어느 한 순간 멸절로 가는 길에 우두커니 멈춰 서기도 했을 것이다

박태기나무와 수수꽃다리와 나는 젖고 호수는 젖지 않는다

더 이상 기막힌 이별이 필요하지 않은 발자국들처럼 문득, 꽃그늘 아래 멈춰 섰을 때

몸 바깥쪽으로 해자(垓字)처럼 흰, 빙 둘러 흐르는 부드러운 대기들
그리고 내게 당도한 별빛, 그 천만 개의 압점들

호숫가를 머물다 간 바람의 행적까지, 별빛은 아마 기억하고 있을 것이다

이미, 제 묘혈로 들어가는 방법을 터득했으므로
박태기나무와 수수꽃다리와 호수는 구름 속으로 숨고

하늘 옆구리에 파인 깊고 붉은 웅덩이

사람들은 어둑해진 얼굴로

난무하는 빛들을, 흩날리는 빛들을 허공 가득 쓸어 담
는다

비비새를 위한 헌사

잠시 비비새가 다녀갔다 녹색의 정원과 공중에 뜬 저 많은 구름의 형상들을 지나서 왔다 이글거리는 불꽃과 불꽃의 어린 파편들이 타닥타닥 소리를 내는 협곡을 건너서 왔다 한 세계에서 한 세계로 건너가고 있는 것들 연기, 환영, 구름, 우레를 건너 실오라기처럼 가벼운 깃털을 달고 왔다 그의 깃털은 굴곡진 삶을 부양하기 위해 끝없이 나래 치거나 지루한 삶에 노래를 불어넣는 일 따위가 아니라 제례(祭禮)의 형식으로 존재한다 그러므로 꿈결의 한 찰나처럼 짧은 순간 내 발은 공중으로 들어 올려질 수 있는 것이다

고요한 부리와 가벼운 깃털로 성(聖)과 속(俗)의 내밀한 접경을 건너는 것은, 그가 삶을 대하는 지극한 방식이다 그곳은 멀고 그곳은 깊은 공중

내 문장이 거기에 이르지 못하므로 나는 또 비비새를 기다릴 수밖에 없다 내 혼미한 날들의 기록은 결국 비비새를 위한 헌사이다

깃털에 실려 온 봄날 오후가 창마다 연둣빛 입술을 매어 단다

침착한 시계

천천히 원을 그리며 커다란 시계 위를 걸어갔다 시간은 어차피 모든 사건을 관통해 가는 것 시간은 어차피 그 시절 그 미루나무 위에 머물고 있는 것

창밖에서 겨울이 첨벙첨벙 긴 울음소리를 내뱉었다 수수꽃다리는 캄캄하게 저물었다 불행이 대수롭지 않게 어슬렁거리는 길목

막차는 끊겼다 내 안에는 안개가 자욱해서 생각이 콩나물처럼 자라났는데 미어질 듯한 둑이 겹겹이었는데

발바닥이 다 닳은 열두 시가 느린 팽이처럼 굴러갔다

한 번도 기록된 적 없는 사람의 전 생애가 방금 별빛을 통과해 갔다, 커다란 시계가 천천히 원을 그리며 걷고 있었다 반짝이는 미루나무, 수많은 잎사귀들

방(榜)을 붙이다

　새벽 두 시, 늦은 잠에 겨우 든 거 같았는데 위층인지 아래층인지 옆집인지, 위층의 위층인지 아래층의 아래층인지 옆집의 또 그 옆집인지, 술 냄새 진동하는 시끌벅적한 남자와 여자 목소리가 내 방으로 쳐들어왔다 싸우는 줄 알았는데 낄낄거리는 거 같았고 한껏 붕 떠 있는 거 같았고 불순한 음모에 가담해 의기투합한 불한당들 같았다 그들은 마치 허공에 빈주먹을 휘두르는 주정뱅이처럼 후줄근한 바짓가랑이를 내 방으로 들이밀었다

　이 새벽

　난감한 것은 내 집의 침실까지 침입한 저들의 무례를 꾸짖을 도리가 없다는 것과 나비처럼 가여운 내 방을 누구에게도 호소할 길이 없다는 것, 세상은 온통 불통이라는 것, 무엇보다 나는 금방이라도 터져 버릴 것 같다는 것

　꼬박 밤을 새우고 아홉 시가 되기를 기다렸다 이윽고, 불운했던 지난밤과 공동 주거 구역의 법칙을 깨뜨린 몰염치를 전화기 저쪽에 고발했다

　"아이구 그랬군요 알겠습니다 방(榜)을 써 붙이겠습니다"

그는 내 마음을 다 알겠다는 듯 종이비행기처럼 경쾌한 문장을 내 방으로 날려 보냈다 달콤하고 포근한 말의 구름다

리가 수화기 저쪽에서 내 방까지 순식간에 완공되었다, 나는 이제 안락할 것이다

　“관리 규약 제10조에 의거 입주민은 늦은 밤 고성방가를 삼가 주셔야 하며 공동의 권리와 의무를…… 관리소장 백” 당당하게 방(榜)이 엘리베이터 안에 붙어 있다
　밤새 술을 마신 듯 퉁퉁 부은 여자가 엘리베이터 안으로 들어오며 힐끗 글씨들을 쳐다보더니 황급히 고개를 돌린다 여자의 흐트러진 머리카락에는 아무래도, 지난밤의 혐의가 묻어 있는 듯하다 짧은 순간 엘리베이터 안은 적의로 가득 찬다

　이제 곧, 사사로운 하룻밤이 생의 뒤쪽으로 사라질 것이다 나는 천천히 엘리베이터 밖으로 걸어 나온다

사다리

호수 쪽으로 비스듬히 붉은 철제 사다리가 놓여 있었다

오리발을 신은 남자가 거기서 서성이는 것을 본 적이 있
는데
잠깐 사이, 사다리만 남고 남자는 사라졌다
연인들이 허리를 감싸 안고 사다리에 걸터앉아 있는 걸
본 적이 있는데
연인들만 남고 사다리는 사라졌다

노랑어리연꽃과 수만 개, 빛과 물의 층계를 밟고

네게로 건너가고 싶은 내 마음이 호젓하게 사다리 위에
앉아 있었는데
초록초록, 박태기나무 잎사귀가 내 곁에 있었는데,

사다리만 남고 아무도 없다
아무도 없고 허공만 남아 있다

벤자민을 위하여

　너는 그냥 꽃, 너는 그냥 글씨
　너는 그냥 눈물, 너는 그냥 사마귀

　모든 상식과 사건과 사실들을 의심하는 일은, 벤자민이
세상을 건너는 하나의 방식

　너는 그냥 빗물, 너는 그냥 포크
　너는 그냥 계단, 너는 그냥 빛

　벤자민은 이십구 층에 있다, 이십구 층은 아득한 섬

　슬프다, 라고 말하는 것은 진부하지만 그립다, 라고 말하
는 것은 신파 같지만
　그립고도 슬픈 섬, 너는

　그냥 햇빛, 그냥 의자
　그냥 거짓말

　너는 그냥, 아득한 세월

어린 별들이 가득한 창공에서

빛으로 뭉쳐진 하얀 밥을
어린 벌레들이 파먹고 있는 봄날의 변두리에서

부드러운 바람은 파문 져 내 안으로 스며들기도 했는데
 공중 높이 슬픔을 매달고 수많은 부표들이 떠 있기도
했는데

그날 나는 극장에 있었고
그날 나는 사막의 한가운데 있었고
그날 나는 수초들이 무성한 협곡에 있었고, 그날 나는
당신이 없는 공원의 빈 벤치에 앉아 있었다
극장의 B열 27번은
적나라했다 사무침이 적나라했고
굴곡 많은 격정의 삶이 적나라했고
낡고 헐렁한 창문의 적요가 적나라했다

누군가 절체절명의 질곡에 서 있고
 누군가 화면으로 구겨져 들어가 싸늘한 밥을 씹는다 하
더라도

세상의 모든 저녁과 나비는 고전이다
세상의 모든 당신과 세상의 모든 침묵은 고전이다

그날 나는 극장에 있었고
그날 나는 불운한 예감으로 부글거리는 상수리나무 숲의
한가운데 서 있었다
그날 나는 당신이 없는 바닷가를 헌 신문지처럼 서성였다
한 시대가 흘러가고 있었다

화면이 채 지워지기도 전에
주인공이 가슴을 움켜쥐고 쓰러지기도 전에
모래바람이 입안으로 휘몰아쳐 들어왔다
당신이 없는 첫 저녁이 까치발을 들고
아름다운 봄날의 끝을 건너가고 있었다

어린 별들이 가득한 창공에서 빛들이, 튀고 있었다

시계

언젠가 나는 네 아버지를 본 적이 있다 언젠가 나는 네 할아버지를 본 적이 있다 언젠가 나는 네 할아버지의 할아버지를 본 적이 있다

언젠가 나는 네 아버지의 손목을 비틀었고 네 할아버지의 얼굴에 더러운 물을 쏟아부었다 언젠가 나는 네 할아버지의 할아버지에게 연애편지를 썼던 듯하다, 분홍 글씨 자욱한 봄날이었다 더러 분홍빛 자욱한 내 안에

해일이 일기도 했지만

수많은 너와 수많은 아버지와
수많은 할아버지들로 강을 이룬 마을 어귀에는
순록의 뿔처럼 당당한
햇빛 시계가 걸려 있다

그들 중 누군가 슬쩍
어깨를 스치며 지나간 것 같기도 하고 어디선가 내 뒤통수를 조준하고 있을 것 같기도 하다 더러는 오토바이에 꽃다발을 매달아 보내거나 손바닥 위에 때 묻은 동전을 던지기도 했을 것이다

당신이 나에 대해 어떤 확증도 없는 것처럼
사실 나는 당신을 알지 못한다
하모니카 소리나 벼랑, 그 봄날의 바람처럼
당신은 아마 내 곁을 스쳐 갔을 것이다

수선화가 있는 찻잔

너의 손바닥 안에는 슬픔이라는 짐승이 살고 있다 그곳이 얼마나 더운 습지인지 그곳이 얼마나 시린 곳인지 네 손을 잡아 본 사람은 안다 여름 나방의 뜨거운 한 호흡과 허공에 뜬 길고 긴 은하의 꼬리, 그리고 바람의 입술, 너의 안위를 빌며 꼬박 밤을 새운 새벽의 소파까지 두려웠네, 슬픔이 고요히 문을 두드릴 때, 네 입술이 저녁의 대기에 닿아 흐느낄 때, 그때 고요히 우주의 어깨가 흔들릴 때

수선화여, 네게서 흐느끼는 짐승의 울음소리를 들은 건 우연이었네 어느 환한 달밤 참으로 우연히, 우연으로 이루어진 필연이 생의 곡진함이라면 이 우연 또한 우연이 아니겠네 그러므로 나는 너를 위해, 푸른 즙과 독(毒)과 치명적인 향기 한 모금을, 너를 위해

거기에서 피는 꽃이 있다, 거기에서 발화하는 인화점이 있다

우레가 스쳐 간 네 손바닥 안 작은 우물, 그 메마른 유

적에는

　슬픔이라는 짐승이 산다

낡은 축음기가 기억하는 기이한 풍경들

나는 아마 화물차의 맨 아래 칸에 실려 있었을 것이다 멀미하는 내 안에서 수많은 말들이 튀어나와 입을 벌렸을 것이다 시간은 빨래처럼 상수리나무 가지 위에 널려 있었을 것이다 부글거리며 항아리 속에서 끓어올랐을 것이다

상수리나무는 확대되고
편파적으로, 열차는 멎었다

나는 다시, 누군가의 자전거 위에 실려 갔던 듯하다 그는 침을 묻혀 가며 자주 내 몸을 닦아 주었고 둘러앉은 사람들 앞에서 춤을 추거나 달콤한 엿가락을 팔기도 했다 나는 그를 위해 목이 터지도록 애끓는 사랑을 노래했다

그러던 어느 날, 그는 엿판을 둘러메고 노을 속으로 걸어 들어갔다 자전거의 페달이 삐걱거리며 태양과 구름 너머로 굴러갔다

햇빛과 우레 자욱한
낯선 풍경들

한 줄의 약정서도 없이 나는 버려졌다

위대했던 한 생애를 위해, 나는 나에게, 거창한 약정서를
다시 작성한다

참으로 뜨거운 생애를 살았다고도 새겨 넣는다

내가 목격한 기이하거나 쓸쓸한 풍경은 연기처럼

아직도 내 노래에 묻어 있다

이제 더 이상, 아무도 나에 대해 기억하려 하지 않겠지만

탁본

　그 집에는 가끔씩 오래된 사람들이 신문지 밖으로 걸어 나온다 사냥에 성공한 기념으로 손바닥을 동굴 벽에 새겨 넣던 남자와 도끼와 화살 같은 연장들이 등을 구부린 채 따라 나오기도 한다

　낮은 목책이 둘러쳐진 그 남자의 뜰을 몇 번 방문한 적이 있다

　노을 속에서 그의 등은 미루나무처럼 훤칠했고 젊은 아내는 복숭아처럼 아름다웠다 다섯 명의 아이들은 퍼즐을 맞추거나 변방의 말을 배우고 있었고 식탁에는 언제나 멧돼지 구이와 열대 과일, 싱싱한 생선들로 가득했다 닭의 하얀 알들이 바구니마다 소복소복 쌓여 있던 어느 여름날 그는, 젊은 아내와 아이들을 데리고 손뼉을 치며 해와 달을 따라갔다 손뼉 소리들이 둥그렇게 산등성이를 넘어갔다 기다림이 지붕을, 새털처럼 부풀렸다

　아무도 모르게,
　동굴 벽에 찍힌 남자의 손바닥에 내 손을 포갠 적이 있다
　몇 날이 지났을까 달력 속은 새까맣게 어두워져 있었고

그 집의 벽에선 오래된 신문지 조각이 나부꼈다 나부끼는
것 모두 해와 달의 책임, 나부끼는 내 마음 모두 다 해와
달의 책임

　간혹 내 손바닥이 가렵다면 그것도 모두

바구니를 걸어 나온 닭의 알, 수북한
깃털들의 시간

내 주머니 속에는 벙어리장갑 한 켤레가 들어 있다

만년필

먼 바다에서 보낸 당신의 엽서를 받았다 그곳의 소인이
찍힌 엽서가 당도하고 나서 만년필은 잉크를 쏟아 내기 시
작했다

어머, 하고 놀라는 내 입술에서 그것은 뚝뚝 떨어져 내
리고
물고기 아가미에서 뻥긋뻥긋 그것은 쏟아져 나왔다

창밖에는 고개를 숙이거나 자괴감에 빠진 달빛들이 수
북했다

사실, 몇몇 사람들과 만년필에 대한 논의를 한 적이 있
다 이미 지나간 시대의 불편한 유물이라는 의견과 죽음의
한 속설을 부록으로 달고 있다는 것 따위, 그러나 나는 만
년필을 통해서 당신에게 건너가고 싶었던 날들이 있었다

아이스크림을 핥는 태양의 혀에서 그것은 녹아내리고
당신이 없었던 시간의 갈기에서 그것은 흘러내렸다

검은 바다 겹겹

제 삶을 변명하고 싶은 문장들이 수면 위로 떠올랐다

트럼펫

벽장이 열리자 호수가 나왔다 호수가 열리자 느티나무가
나왔다 느티나무가 열리자 소복한 햇살이 나왔다 햇살이
열리자 애드벌룬이 나왔다 그것은 높이 날아올랐다 그것
은 최상의 포즈로 솟구쳤다 그것은 불현듯 사뿐히, 내려앉
기도 했다

이 공원에서 나는 나를 오독했고 번번이 발을 헛디뎠다
내가 나를 나무랄 틈도 없이 생은 자주 빗나갔다

방이 열리자 벽장이 나왔다 벽장이 열리자 소복한 시
간이 나왔다 시계를 열자 햇살과 거대한 느티나무가 나왔
다 느티나무를 열자 아주 두꺼운 문장이 나왔다 나는 그
속으로 걸어 들어갔다 경이로운 소리들이 땅 아래 뿌리와,
공중에 뜬 초록 잎사귀들 사이를 오르내렸다 빛들이 후두
두둑 떨어져 내렸다

방문을 닫아건다 이제 나는 안전하다
푸른, 빛들로 가득한 방

휘어진 여자

개를 샀는데 고양이였다

고양이는 시간에 속도를 가한 것,

전화기를 샀는데 당나귀였다

당나귀는 시간에 가속도를 입힌 것,

저 나무, 저 나무는
저 외투, 저 외투는

소매가 뒤틀린 윗도리를 입고 신호등 아래 서 있다

마가린처럼 녹아내리는 달빛,

그녀의 흰 그림자가 내 곁을 지나갔다

방어가 몰려오는 저녁

별들이 앉았다 간 네 이마가 새벽 강처럼 빛난다
어떻게 여기까지 왔는지
어떻게 너를 증명해 보일 수가 있는지
물어볼 수가 없었다 너는 아마, 몇 개의 국경을 넘어서
몇 개의 뻘을 건너서 온 것이 분명하지만
사실은, 우주 밖 어느 별을 거쳐서 왔는지도 모른다

지금 허공에 찍힌 빛들의 얼룩 때문에
누군가 조금 두근거리고 누군가 조금 슬퍼져서
주머니에 손을 찔러 넣고 바닷가를 걷고 있다는 것
우리가 오래전에 만난 나무들처럼 마주 보며 서 있을 때
그때 마침 밤이 왔고, 그때 마침 술이 익었다는 것

나는 네 나라로 떠나간 사람의 안부가 궁금하지만
그 나라의 언어가 알고 싶지만
붉어진 눈시울을 들키지 않으려고
눈을 감았다

술이 익은 항아리 속으로 네가 들어가고 나서, 나는

아주 잠깐 소리 내어 울었던 듯하다

새벽 강처럼 빛나는 저녁의 이마 위에 누군가 걸어 놓고 떠난

모자, 만년필, 그리고 저 많은 빛줄기들 그 아래

꽃이 핀다, 술이 익는다, 방어가 몰려온다

저 벤치

그는 죽음에 관한 기억을 가지고 있다 또한 생의 절정에
서 피워 올리는 절대음감의 높이에 다다른 적도 있다 그의
몸에는 거대한 계단과 거대한 설산의 기억이 새겨져 있고
파멸이나 상승이 느닷없는 순간에 다가온다는 것도 알고
있다 그것은 몽환적으로 오기도 하지만 벼락이 치듯 그의
몸, 명확한 지점에 명중되기도 한다

어느 환한 햇빛 아래
그의 몸이 둔탁한 소리를 내며 땅 위로 굴러떨어졌을
때, 그는 이미 우주 속으로 스며들었거나 소멸된 셈이다 그
때 사람들은 꽃과 바람과 폭설이 이룬 눈부신 우주의 축제
에 잠시 넋을 놓거나 더러는 발바닥에 체인을 감고 비탈진
삶을 기어오르기도 했다
노을이 타는 하늘 속으로 뚜벅뚜벅 걸어 들어가 본 적
이 있다고 말한다면 누가 믿겠는가만, 그 뜨거운 경험은 아
직도 그에게 또렷이 남아 있다
가령, 그가 물방울처럼 우주의 블랙홀 속으로 빨려 들어
갔다거나 허공에서 휘발되었다 한들 무슨 상관이랴 다만
그는 잠시 이곳에서 사라졌다는 것, 사라진 것들의 몸에서

도 햇빛과 바람이 자라고 있다는 것,

   때때로, 거대한 계단과 거대한 설산이 그의 안에서 불쑥불쑥 솟아오르기도 하지만, 무릎이 다 닳도록 기어서도 닿지 못할 곳이 있다는 것을 그는 이미 알고 있다 그러므로 그는 한 번도 무릎을 꺾어 본 적이 없다 다만, 기다릴 뿐이다

   지난하고 무수한 것들이 저 벤치 위에 앉아 있다

호랑나비 떼

저기 꽃이 있다
사람들은 저것을 꽃이라고 부른다
저것은 볼펜일까?
슬프고도 예쁜 모음(母音)
어린 여자아이가 저것을 뜯어 공중에 흩뿌린다
저것은 구름일까?
저기 꽃이 있다
당신도 저것을 꽃이라 부른다

건드리면 사뿐히 날아가거나 손가락 사이로 빠져나갈
것 같은
집요하고도 처연한 빛

아무런 물증도 없이
사람들은 저것을 꽃이라고 부른다
저것은 낙타일까?
어린 여자아이가 저것을 뜯어 공중에 흩뿌렸으므로
저것은 공중에 흩날린다
저것은 나비일까?

환하면서도 위험한 시간

저기 꽃이 있다

삭제하다

피자를 시켜 놓고 하루 종일 기다렸는데 텅 빈 오토바이가 도착했다 화를 내며 돌려보냈는데 오토바이의 두 바퀴가 철가방에 실려 왔네 뭔가 툭 부딪혔는데 어깨가 부러졌네 다급하게 아버지를 불렀는데 목소리가 입 밖으로 나가지 않는데

누군가 슬쩍 곁을 스쳐 갔는데 파일이 삭제됐다 초인종이 울리고 택배를 받으러 나갔는데 덩그러니 초인종만 매달려 있다 두통약을 먹었는데 웬, 하수구가 막혔다네 아버지는 보이지 않고 낡은 전화번호가 자꾸만 앞을 가로막는데

하수구에서 펑펑 검은 시간이 솟구쳐 올랐다 나는 몰상식하게 늙었고 치명적으로 헐거워졌다 발을 동동 굴렀지만 발은 허공에서 내려오지 않았네 음악은 쇳소리를 내면서 어디론가 둥둥 떠내려갔지만,

낡은 전화번호를 삭제하고 나서 세상은 복구되어 갔다 오토바이 바퀴와 아버지와 구름과 부러진 어깨를 신고 우

체국으로 달려갔네 혁명처럼, 은행나무 잎사귀가 흩날리고
있는 생의 한 날

석벽(石壁)

　카페베네를 찾아갔는데 당신은 보이지 않고 열두 시가 넘었네 열 시 부근에 있다고 당신에게서 연락이 왔는데 카페베네는 옆으로 돌아앉아 있네 카페베네를 찾아갔는데 주차장은 텅텅 비어 있고 물보라 자욱한 창에는 햇빛이 소나기처럼 쏟아져 내리고 있네 맨드라미 꽃술에는 막 불이 붙고 있는데 시계는 훌쩍 열두 시가 넘었네 카베베네를 찾아갔는데 당신은 오지 않고 싸늘하게 식은 태양이 카페베네에 가득하네 당신이 하루 종일 열 시에 갇혀 있는 동안 나는 그리로 돌아가는 길을 찾을 수가 없다네

　카페베네는 아마 중세의 높다란 석벽에 붙어 있는 유물일지도 모르네 사무치는 것들이 너무 많은 햇빛 창가, 그렇다면 나는 한평생 당신을 기다릴 수밖에 없겠네

유리창

누군가 또박또박 내 안으로 걸어 들어온다
누군가 내 눈을 감기고 누군가 내 입에 재갈을 물린다
엄청난 우레도 지나가고 잔잔한 미풍도 흘러갔다
얕은 계곡과 녹색 잎사귀들이 비스듬히 햇빛 쪽으로 기
운다
어떤 후회나 흔들림도 없이
누군가 또박또박 내 밖으로 걸어 나간다

누군가 나를 응시한다, 아주 우호적으로 한 무리 양 떼
가 지나간다
나는 읽힌다

초인종

폭설을 뚫고 네가 왔다 문지방 넘어오는 네 몸에서 후두두둑 별빛, 떨어져 내렸다

장작을 태우듯 환해지는 이것, 뭔가 재빠르게 스쳐 지나가고 어디서 딩딩 종소리 같은 게 들려왔다 이것들을 나는 꽃이라 부를 수 없고 이것들을 나는 환영(幻影)이라 부를 수 없다

너는 아마 은하를 건너왔을 것이다

너는 아마 들끓는 마그마를 건너왔을 것이다

차거나 뜨거운, 두 극점에서 새긴

네 몸속 난해한 얼룩들

자욱한 물의 톱밥, 불과 바람의 티끌들을 쓸어 내며 나는 잠시 별처럼 반짝였다 그러나 너에 대한 탐색이 채 끝나기도 전 설명도 없이 너는 서둘러 떠나갔다 네 발바닥의 티끌들마저 아주 가볍게 허공으로 날아갔다 잠시나마 나는, 너를 꽃이라 부르고 싶었고 내 앞의 불가항력인 너를 환영이라 부르고 싶었다

결국, 나를 통과해 간 시간 모두 환영 아닐까

폭설 그치고

나는 작고 동그랗게 꼬부라졌고

아주 먼 데서 온

우편 마차 아니면 대장장이가 그들이 이룩한, 슬픈 목소
리를

내 집의 현관에 매어 단다

밤 열 시

밤 열 시엔 어김없이 그녀가 전화를 걸어온다
전화기 가득한 파음들과 부서진 기억의 조각들

나는 마치 햇살처럼 저물거나
나는 마치 밤 열 시처럼 태연하게 수화기를 든다

그녀의 기억은 금이 간 도자기나 성능이 좋지 않은 마이
크 같다
젊었던 날들의 꽃잎 같은 기억들 속에 세월을 꽁꽁
가둬 놓고, 그녀는 세월 바깥에 빈 항아리처럼 앉아 있다
그녀에게는 다만 나를 기다리는 밤 열 시가 있을 뿐이다
밤 열 시에게 꼬박꼬박 안부를 묻고 밤 열 시가 지나서야
이불을 덮고 눕는다
나는 그녀가 펴 놓은 이불 속으로 들어가서 그 아래
아랫목, 구들장 다시 그 아래, 세월의 무덤 그 화사한 곳
으로 내려가서

엄마처럼 어둑어둑해진다 나는 마치

맨드라미처럼 웃거나 나는 마치
밤 열 시처럼 태연하게, 수화기를 내려놓는다

열두 시의 벤치

일곱 시, 아홉 시의 시계탑
아랑곳하지 않고 떠나가던 기적 소리와 애인들

일평생 생의 외피였던 차디찬 공기의 결이 사무치거나
자욱하거나 어떤 결단으로 넘쳐 날 때

관절마다 끓어오르는 붉은 글씨, 뜨거운 이것을 어떻게
읽어야 하나
아홉 시, 열 시의 시계탑

퉁퉁 부은 다리로는 도달할 수 없는
처소(處所)가 있다, 여기는

지난한 신발들과 패랭이꽃이 잠시 쉬어 가는 곳이기도
하지만

내가 겪은 낱낱의 세목들을 당신께 일일이 말할 수는 없
지만

한때 이곳을 떠나갔던 것들이 어스름을 묻힌 채 돌아오
거나

　몇 개의 문장이 호수의 어깨 위에 떠오르기도 하는, 여
기는

　잎사귀들이 달빛에 무르익는 아홉 시, 열두 시의 시계탑

　택배가 도착하지 않는 하루가 떠내려간다

사소한 햇빛

내 몸은 긴 이야기

많은 이야기들이 끊임없이 몸속을 흐르고 있음을 나는
안다

일 년 내내 발바닥이 시린 것도, 왼손으로 덥석 악수를
청했을 때
약간의 자괴감 같은 것도 이런, 이야기와 무관하지 않다

누군가 내 삶에 개입했고 누군가 끝없이 내 속에서 중얼
거리지만 사실,
그들이 완성한 것은 미완의 내 노래에서 미어져 나오는
무성한 햇빛 같은 거, 이 지독한 폐허 같은 거

폭설이 내린 듯 문득 세상이 잠잠해지면 나는 잡목림처
럼 무성해진다

몸의 긴 회랑을 돌아다니는 가로등 불빛, 도란거리는 그
릇 소리, 연애, 전래 동화, 그리고 겨울 산의 능선,

그들이 품고 있는 사무치는 이야기들

그들은 꿈결인 듯 스며들어 있거나 슬픈 탕자처럼 돌아온다

왼손잡이는 안 된다고 오른쪽으로 숟가락을 옮겨 주던 사람은

노을 속으로 들어가고 없지만, 상수리나무 숲으로 들어간

여름밤의 술래는 아직 찾지 못했지만

뜨겁고 시리고 물컹한 것이 내 노래에 묻어 있다

그 길고 긴 슬픔을, 사소하고 사소한 햇빛을, 그리고 커다란 당신

그러므로 내 몸은 긴 이야기, 이야기는 늙지 않는다

천년의 안쪽, 혹은 그 바깥쪽

봄날

뭔가 툭 뒤통수를 치고 갔는데 아무도 없는데, 커피를 마시려고 카페에 갔었는데 그 집의 빨간색 의자 깊숙이 앉아 있었는데, 사실은 우체통을 찾으려고 집을 나왔는데 걷다가 문득 오래전에 본 여자아이를 만났는데 반가워서 불쑥 손을 잡았는데, 손에서 뭉클뭉클 김이 피어올랐는데 나는 팍삭 늙어 있었는데, 과수원을 지나다가 사과를 한 입 베어 물었는데 나는 결국 여문 사과의 피비린내를 베어 먹은 셈인데, 뭔가 또 뒤통수를 툭 치고 갔는데 아무도 없는데, 사실 나는 오늘 하루 종일 거실에 앉아 창밖을 내다보고 있었는데

모래시계가 몇 번 뒤집어졌을 뿐인데
잠시, 구름의 발목이 휘청거렸을 뿐인데

몸속에서 누군가 획 빠져나갔는데

내 뒤통수를 치고 간 녀석도 결국 그 녀석일 것인데

하여, 내가 하루 종일 내 집의 거실에 있었다 한들, 또한

당신이 나를 모른다 한들 무슨 대수인가

봄날의 하루가 오후 네 시를 넘어가고 있는데
당신이 비뚤비뚤한 문장을 하루 종일 전송해 오는데
뭉클뭉클 피고 지는 귀여운 당신

당신은 언제나 그 집의 창가에 앉아 있었는데

카푸치노

저기 가문비나무가 지나간다 저기 박태기나무가 지나간
다 저기 원추리 저기 수수꽃다리가 지나간다 저기 꽁꽁 언
미나리 밭의 그루터기 저기 우울한 오후의 햇살이 지나간
다 저기 비장한 밤과 극장이 지나간다 저기 염소가 지나가
고 오래된 집의 낡은 기왓장이 아이스크림처럼 녹아내린다

쓰고 부드러운 방들이 입속에서 무너진다 무수한 방을
기억하는 입
너와 나눠 가졌던 천년이 덧없이 파먹힌다 어깨까지 파
먹힌 초승달이 호수에 빠져 있는

이곳은 지순한 생의 극지,

저기 새털구름이 지나간다 저기 부드러운 바람과 너에게
실어 보내고 싶은 초록 터널이 지나간다 저기 요란한 배우
들과 사다리가 지나간다 저기 의자가 지나가고 모순과 극
단의 태양이 지나간다 저기 영롱한 유리창이 지나가고 한
떼의 오리가 지나간다

카페는 저녁의 앞마당에 도열해 있다, 숨이 막힐 듯 벅 찬 순간들은 이미 생을 관통해 갔다고 믿는 무리들과, 아 직 미래를 믿는 무리들이 호숫가에 남아 있다 그리운 것들 은 서로를 의심하지 않는다 난무하는 의심이 꽃처럼 피어 나는 호숫가에서

저기, 수천의 꽃들이 덜컹거리며 지나간다

의자

아주 잠시 다섯 시에 머물다가 흘러가는 손처럼

빨간 사과가 허공에 획을 그으며 실려 나간다

당신이란 결국 한 컷의 허구였던 것
당신이란 결국 한 생애의 불편하고 낡은 의자였던 것

손뼉을 치거나 머리핀을 꽂을 때마다 자욱하던 빛들의
막무가내를
한 날의 어느 페이지에도 끼워 넣을 수 없는 캄캄한 생
의 안팎

아주 잠시 여섯 시에 머물다가 사라지는 어깨처럼

유리창을 구기며 물의 발굽들이 흘러내린다

달리아가 있는 공원

　길인 줄 알았는데 벼랑이었다 꽃인 줄 알았는데 우레였다 새벽인 줄 알았는데 호수였다 잊은 줄 알았는데 소용돌이였다 불인 줄 알았는데 과속이었다

　돌아갈 수 있을까 뒤돌아봤는데 산만한 구름의 행렬들과 뒤엉킨 마음의 무늬들이 자욱했다

　미래는, 미래의 뒤통수에 가려 보이지 않았다 공원의 종이컵에는 개미 떼 같은 소요가 달라붙고 모래의 구릉 아래 환하게 핀, 폐허를 보았다

　검붉은 피

이상한 기억

동그란 스탠드 건너 당신은 앉아 있고

나는 세월 건너편 낡은 벤치에 앉아 있다

그 사이로 계곡이 있었던 듯하기도 하고 잠시, 여우비가

스쳤던 듯

하기도 하다 달빛이 얼굴 위에 소나기처럼 쏟아졌던 것

같기도 하고

간선도로에 자욱한

모래의 융단이 깔린 듯하기도 하다

수많은 이정표와 자동차 바퀴를 거슬러 올라가면

기껏, 소스라치는 마른 나뭇잎, 나뭇잎 한 장의 모질고

쓰린 기억들

세월 건너편 낡은 벤치 위에 당신은 앉아 있고

나는 동그란 스탠드 앞에 앉아 있다

안개가 많은 것들을 지운 듯 세상은 어렴풋하고

달력 속에서 나는

무릎을 세우고 엎드려 울었다

어느 순간 덜컥, 빗금을 그으며
계곡 또는 단애가 들어섰을 것이다 우리는
들판에 있었던 듯하고 못물 속에 깊숙이 가라앉았던 것
같기도 하다
우리는 아마 어깨를 들썩이며 웃었을 것이다

스탠드의 불이 나가고 당신은 세월 저편으로 사라졌다
나는
모래와 꽃과 바람을 받으며 여물어 갔다

세월인 당신, 얼룩인 당신,

가끔 슬픔이라는 짐승이 드나들기도 하지만
당신에 대해 나는 아주 이상하고 단단한 기억을 가지고
있다

느릅나무가 있는 카페

저 의자는 오래전 당신이 비워 둔 것이다
이 컵의 자국은 오래전 당신이 찍은 얼룩이다
다소 느슨하게 돌아가는 벽시계는 오래전 당신이 벗어
둔 외투,

고무나무와 아레카 야자가 있는 창가에 우두커니 당신
은 서 있다

바람이 불거나 해가 지는 것처럼 아주
일상적인 시간이 태연한 척 이곳을 지나가지만
새들이 끼룩거리거나, 누군가 무심하게 창문을 여닫는
것처럼 아주
사소한 사건들이 문밖을 기웃거리기도 하지만
수많은 당신이 앉았던 의자와 컵에 찍힌
입술과 손가락의 지문, 그리고
헐거운 외투,
적요하고 고즈넉한 이것은
느리고 게으른 삶이 부려 놓고 간 농담 같기도 하다

이미 오래전에 당신과 나는
무한정의 햇빛과 공기를 나누어 마셨다
그러나
그 긴 세월 내 창가에 우두커니 서 있는 당신을
신발을 신거나 주머니에 손을 넣을 때마다 손바닥 가득
만져지는 당신을
나는 도대체 뭐라고 불러야 하나

손가락 꼽으며 기다리던
빈 의자와 빈 컵 그리고 소복한
날짜들

바구니 가득

　사람들은 사슴의 뿔을 잘라 한 잔씩의 피를 나누어 마
셨다
　사이다나 가스 활명수로 대충 입을 헹구고 그들은 원색
의 행렬을 이루며
　산을 내려갔다
　피 끼인 이빨 드러내 보이며 행렬들은 흐트러졌다
　농장 주인의 어린 딸들은 피 묻은 잔을 씻어 바구니 가
득 담았다
　소담스럽게 핀 오월의 동백들

　동백의 꽃그늘로 계곡물은 붉어지고
　빛들을 하역하던 태양이 잠시, 멈칫하는 사이
　하늘은 몸을 구겨 계곡 속으로 들어갔다

　내가 기억하는 내 피의 냄새, 내가 건설하는 동백과 긴
행렬들의 죽음
　열정적이거나 몽환적인 세월이 느리게, 산을 기어 내려
갔다

아침의 한 잎사귀

꽃을 줄 걸 그랬네, 별을 줄 걸 그랬네,

손가락 반지 바닷가 사진기 비행기 표, 너에게 못 준 게
너무 많은 뜨거운 날도 가고
낙타 사막 비단길 안나푸르나 미니스커트 그리고 당신,
가지고 싶은 게 너무 많은 겨울도 지나가네

현(絃)을 줄 걸 그랬네, 바이올린을 줄 걸 그랬네,

순록의 뿔 구름의 둥근 허리 설산의 한나절, 그리고 고
봉밥
아랫목 여객선 크레파스 세모난 창, 너에게 못 준 게 너
무 많은 아침의 호숫가에서

말들이 튀밥처럼 싹을 틔울 때, 나는
시리고 아픈 세목들을 받아서 적는다네 손가락이 아프
도록 쓰고 또 지운다네

너에게 주고 싶은 한 우주, 이 싱싱한 아침의 한 잎사귀

태엽을 풀다

내가 강둑을 걷고 있었을 때 하현달이 떠 있었고, 낡은 벤치 위에 언뜻 희끗한 사람이 앉아 있었다 당신인가, 돌아 보려다 말고 그냥 지나갔는데, 양털 구름과 꽃잎들이 수북 강물 위에 떠 있었다 강둑을 따라 한참을 갔는데 강물은 구석기처럼 붉고 어두워져 있었다

어느 동굴 앞을 지나갔는데 동굴 앞에 언뜻, 쪼그린 사람이 앉아 있었다 당신인가, 다가가 보려다 말고 그냥 지나쳐 갔는데, 둥치가 검은 아름드리 느티나무 아래 빨간 우체통이 서 있었고 나무의 그림자 아래 하모니카처럼 젊은 사람이 팔짱을 끼고 서 있었다 당신인가, 돌아가 보려다 말고 그냥 지나쳐 갔는데

나는 흠뻑 젖어 있었고, 나는 팍삭 늙어 있었는데, 당신인 듯한 사람이 이어폰을 끼고 걸어가고 있었다 그는 당당했고, 그는 강물처럼, 젊어 보였다

도대체 얼마나 걸어온 것인지, 얼마나 많은 세월이 지나 갔는지
나는 몇천 번 더 무서운 밤을 건너야 하는지
수많은 당신,

나는 도대체 당신을 알기나 한 것일까

구석기의 창가에 앉아 깜빡 졸다가 말고
고장 난 시계를 고치려다 말고

난파하다

열두 시는 내가 모르는 것들, 이를테면
그 집의 소파, 그 집의 고양이, 그 집의 전화기, 그리고
너도밤나무 숲을 휘돌아 마을로 내려온다
그는 우두커니 자판기 앞이나 벤치에 앉아 나를 기다
린다

나는 날마다
열두 시와 약속을 하고 열두 시와 함께 점심을 먹는다

뜨겁고 깊은 국솥에 발 넣었다가 황급하게 빼는 태양
국그릇 위에서 뭉클 백 개의 해가 뜬다

공중에 널린 새들의 날개, 그리고
난무하는 빛들의 창
사이렌도 울리지 않는 공중에 불그스레 꽃물이 들고
제 이력의 1호 봉투를 들고
누군가 떠나간다

열두 시는 내가 모르는 것들, 이를테면

그 남자의 과거, 그 남자의 넥타이, 그 남자의 체납 고지
서, 그리고

가문비나무 숲을 휘돌아 마을로 내려온다 아니, 공중에
서 난파한다

기적 소리 울리며 누군가 어깨를 웅크린 채

다시, 돌아온다

장갑

아파트 마당에 너덜해진 장갑이 버려져 있다

한 번도 획기적이지 않았던 그의 삶에 새긴 주름진 골짜
기를
많은 날짜들이 짚어 갔을 것이다, 검붉은 얼룩들

이것은 이제 더 이상 적어 넣을 게 없는 당신에 관한 문
제이고
이것은 기막힌 어떤 생의 실종에 관한 문제이기도 하다

당신들과 덥석 악수하고 싶었지만 시커멓게 닳은 손톱
때문에
멈칫거리던 그의 손을
장갑은 아마 기억하고 있을 것이다
불운했던 한 사람의 생애, 굳은 손바닥에 새겨진 깊은
금들을
장갑은 아마 잊을 수 없을 것이다

소요에서 수수꽃다리까지 가려면 며칠이나 걸리는지

자동차가 무심한 듯 그의 손금을 뭉개고 지나간다

햇살들이 내려와 손가락을 덮는다 봉분, 소복하게 솟아
오른다

어느 악어 이야기

홍띠 수크렁 비비추 벌개미띠 실타래처럼 뒤엉킨 꽃의 뿌리들을 헤치고 앞으로 나아갔다 이 길로 가면 한 발짝씩 네게로 다가간다 생각했다 어느 환하고 두려운 순간 너는 너무 먼 별이라는 걸 알게 되었지만, 나는 더 이상 물살을 가를 수 없다는 것도 알게 되었지만

이곳은 네 불망과 내 불면이 만나는 지점이고 어떤 경이로운 전율이 우주를 스쳐 가면서 긋는, 한 접경이기도 하다 그러나

삶과 죽음의 접경이기도 한 이곳에서는 아무도 나를 악어라 불러 주지 않는다 나는 bag이라 불리는 하나의 소품일 뿐, 내 질기고 불룩한 뱃가죽 안에서는 춥고 긴 인간들의 밤이 덜컹거리며 지나간다

간혹, 식물적으로 저물어 가는 자신에 대해서 소스라치게 놀라기도 하지만 내 안의 천년 뜰에는 아직,

채송화 꽃잎만 한 그늘을 깔고 앉은 네가 있다

그곳이 비록 먼 별이라 할지라도 나는 밤마다 거친 배를

허공에 밀고 간다

　다시, 악어라 불릴 수 있을까 굴곡진 생애에 대해서

　수없이 의심하기도 하면서

한여름 밤의 몽상가

그는 하루 종일, 수박에 대해, 생각한다 한바탕 소란이 그치고 수박이, 길바닥에 나뒹군 후에도 그는 수박에 대해, 생각하고 빙 둘러선 사람들이 돌아가고 네온 불이 꺼진 후에도 수박에 대해, 생각한다 밤 열 시가 다 되도록 수박에 대해, 생각하고 문득 잠이 깬 새벽에도 수박에 대해, 골똘히 생각할 것이다

그가 제안하는 수박에 대한 몇 가지 편견들,
고뇌에 빠진 여름 한철이 지나가고 골똘한 생각들이 한 시절을 떠메고 가도 수박은, 수박에 지나지 않는다는 것, 사람들은
수박의 혈통과 연애와 기나긴 가계(家系)를 간과한다는 것 등

무례한 여자가 내팽개친 수박, 한 생애가 시뻘겋게 쏟아져 나오던 수박, 속이 다 썩은, 치밀어 오르는 분노를 꾹꾹 누르는 수박, 그 언저리에 빙빙 하루살이 떼가 진눈개비처럼 흩날리는 이천 십 몇 년 팔월 모일(某日)이 수박에 대한 편견으로 들끓을 때

자판을 두드리는 그의 등에서 뜨거운 김이 피어오르고

세상의 모든 수박들은 고요히 녹슨다 수박은, 수박에 대

해, 다시

골똘한 생각에 잠긴다

당신이라는 호수

이미 오래전에 그는 어스름 속으로 걸어 들어갔다네 어스름은 대개, 찬란한 노을을 후경으로 거느리기 때문에 그곳이 얼마나 깊은지 알 수가 없다네 그러나 그가 간혹 더듬거리며 작은 호숫가로 나와 앉았을 때, 그의 흰 등을 보면 알 수 있네 그 어스름 속이 얼마나 깊고 처연한지, 뜨겁고 환하던 기억 모두 그 컴컴한 곳에 내려놓았으므로 그에게 더 이상 명징한 건 남아 있지 않다네

그러나 그는 여전히 당신에게 꽃을 보여 주고 싶어 하고, 돌다리를 건너듯 듬성듬성 말의 징검다리를 건너 당신에게 다가가고 싶어 한다네

당신이 누구인지 전 생애를 다 걸고서도 도대체 당신을 모르면서

그을음을 묻힌 듯 흐린 그의 창에 다가가 나는 손가락으로 중얼중얼 쓴다네 그럴 때, 두루마리 화장지처럼 풀리는 긴 강물 위에 붉은 꽃잎, 꽃잎들,

아무도 두꺼운 시간의 빗장 열고 밖으로 나올 수 없으므로, 아무도 불쑥 그곳으로 들어갈 수 없으므로, 이만큼의 거리에서

그러나 몸이 저무는 시간에도 그의 속은 농익어 저렇게
아름다운 문장을 피워 올리는 것이라네 불현듯 당신이 왔
으면 하고, 꿈결처럼 당신이 온다면 복숭아 같은 속을 열어
붉은 꽃을 보여 주고 싶다고 비뚤비뚤 들끓는 말을 아직도
어스름 밖으로 밀어 올린다네

  집요한 당신
  당신은 도대체, 밥인지 환청인지
  당신은 도대체, 누구의 과거이며 누구의 구름인지

  나는 늘 당신의 바깥에 서 있다

절박하지도 기발하지도 않은 어느 날, 문득

바늘꽃바늘꽃 외우면서 호숫가를 걸었다 가늘고 긴 가
지 끝마다 네 장의 꽃잎이 살포시 얹혀 있는 분홍 호숫가
에서 바늘꽃바늘꽃 외우는 내 입술과, 허공과, 목책에, 분
홍색 문장이 매달렸다

하양분홍하양분홍 멀리서도 환한 저것들, 공중에 뜬 꽃
의 입술들

아무도 없는 밤중에 바늘꽃이 하늘로 올라가면 별이 된다
는 사실과, 지상에는 반짝이는 것들이 너무 많다는 사실과

절박하거나 웅변적이지는 않지만 호수는 언제나 기발하
다는 사실

사랑에 관한 모든 결말이 비극적이지는 않다는 사실

나는, 나를, 제대로 사랑한 적 없다는 사실 따위

사실을 사실이라고 알아차리기까지 생은 너무 많은 시
간을 허비했다

사실들과, 사소한 목책과 나는 뒤꿈치를 들어 올리며 조
금씩

공중으로 떠올랐다 소나기처럼 별들이 쏟아져 내리는
오후였다
입술들이 만개한 분홍 호숫가에서

저기, 기차가 몰려온다

도무지 대립적이지 않은 벤치와 강물이, 도무지 어울릴 것 같지 않은 편지와 우레가, 어떻게 같은 기차를 타고 저물어 갈 수 있는지

비탈이 너무 많은 문짝을 붙들고
조금은 편안하고 조금은 오래된 하루가 비를 맞으며 지나간다

운무와 낡은 우산이 펄럭이는 건널목에서, 어스름이 우루루 담장 쪽으로 달려가는 것을 지켜보는 일은 기이한 일이 아니다, 이곳은 이미 오래전부터
기이한 장르에 속해 있었으므로

분홍과 무덤, 배추흰나비와 고양이가 어떻게 한 칸의 기차를 타고 저물어 갈 수 있는지 운명이, 어떻게 비옷을 입고 활보할 수 있는지

저기, 기차가 몰려온다

지도

　나무껍질이나 갑각류의 등 같은 먼 친척 할머니의 몸을
씻겨 본 적 있다 내가 아직 걸어 본 적 없는 수만 갈래의
길들, 풀 한 포기 자라지 않는 낡고 척박한 비포장도로가
온몸에 새겨져 있었다 균열 투성이 인간의 몸은 짐승의 뿔
이나 향기로운 관(冠)에 새겨진 세월의 무늬를 읽을 때처럼
당당하거나 삼엄하지 못했다 비눗물이 수만 갈래의 길 속
으로 스며들거나 흘러내릴 때 손바닥 가득 만져지던 비애

　캄캄한, 한때 차갑거나 뜨거웠던 몸
　생선 비늘처럼 벗겨 낼 수 없는,
　헐거워진 껍데기 가득 새겨 넣은 낡은 생의 기록들

　그 여름 내내
　방 안 가득 비누 거품들이 떠다녔다

흘러내리다

자동차가 출발한 지 얼마 되지 않아 폭우가 쏟아졌다 수억만 개 무늬를 그리며 부서지는 물방울들, 멀지 않은 곳에서 쿵쾅거리며 번쩍이는, 그리하여 하늘과 모든 어둠 의 배경 위에 날카로운 금을 그으며 천둥과 우레는 X선처 럼 내 속을 투영해 갔다

생이 곤두박질치는 듯한 극단의 순간, 구겨지고 분열되 고 폭발하면서 나는 작동되지 않는 기계처럼 흘러내렸다 물방울의 일부인 듯, 진흙의 일부인 듯

햇살이 물방울 속에 반짝이는 집을 짓고 나서 몇 분쯤, 세상은 보송하게 마른다 젖어 있던 몸 안의 기억들이 김을 피워 올리면서 마르고 오랜 시간이 흐른 듯 아주 가벼운 공기들이 온몸 가득 차오른다

기억이란 한 찰나, 분절된

시간의 단면이 드러낸 결들

먼 바다로 가기 위해, 다시

안개와 폭우와 햇살 속으로 달려간다 가파른 몇 개의 단애(斷崖)가

또다시 성큼

몸 안에 들어서고 고장 난 기계처럼 나는, 흘러내릴 것
이다

어느 피안에 닿으려고,

납작한 주전자

주전자가 배를 내밀고 식탁 모서리에 얹혀 있다

아마, 뱃속을 들락거렸을 오랜 세월이
그의 배를 불렸을 것이다, 라고
터무니없는 생각을 하는 동안
때 묻은 셔츠 비집고 나오던 그 남자의 낡은 배가
자꾸만 문장 안으로 기어 들어온다
그의 불룩한 뱃속은 썩은 고기와 나태한 시간으로
가득 찼을 것이다, 라며
다시 불경스러운 생각을 하는 동안 몇 차례

주전자 가득 물을 붓고 전원을 켠다
빨간 불이 들어오고 곧, 주전자 속이 들썩거린다 뜨거운
김을 내며
가벼워진다, 납작해진다

편협하고 낡은 그 남자가 문장 안에서
납작해지길 기다리는 동안
주전자는 몇 번이나 뜨겁게 끓어오르다가 비워지고

쓸데없이 나는 싸늘하게 식는다

폭식과, 편견과, 낭만적인 패배주의에 대해서 너무 무관
심했다,

라고 쓰려다가 포기하고 나는

도무지 가벼워지지 않는 문장 속 남자를 위혜

다시 플러그를 꽂는다

삶이나 무거운 뱃속이, 갑자기 가벼워지거나 솟아오르거나

공평해지지 않는다는 걸 문장 속 나는, 모르는 듯하다

식탁 모서리 비스듬히 주전자가 놓여 있다

넘치는 베란다

산세베리아라는 식물은 길고 뾰족한 초록색 잎에 노란색 테를 두르고 잎을 완성한다 아마 초록은 밖으로 나가고 싶은 것, 마음의 안팎이나 미닫이처럼

나는 화분에 물을 준다 노란색 물이, 초록색 물이 뚝뚝 떨어져 내린다 나는 소금처럼 녹는다 노랑초록노랑초록의 아이들이, 코를 막고 샘솟는다

블라인드를 열자 태양이 빛 부스러기를
바가지 바가지 쏟아붓는다 가늘고 뾰족한 잎사귀들이
자지러진다, 101동과 102동 사이에서 납작해진 구름이
딩동 유리창을 두드린다 건너편 베란다에 웬, 기저귀 같
은 것들이 펄럭인다
슬픔이, 흰 손을 흔들며 마른다

나는 화분에 물을 준다 노란색 물이, 초록색 물이 뚝뚝 떨어져 내린다 나는 이스트처럼 녹는다, 보글보글 끓어오른다 노랑, 초록, 노랑, 초록의 아이들이 손가락마다 빛의 번호표를 매단다 나는 샘솟는 노랑초록노랑초록의 아이들

에게 물을 준다

　책들이 젖는다, 들뜬 목소리로 나는 읽힌다
　난생처음인 듯한 마음이 찌르르 마음속으로 들어온다
　물컹한 늪 속으로 깊숙이 스며든다, 나는 넘친다

고사목 원형 탁자

그 나무 아래 지날 때마다
핑그르르 물방울 같은 것이 몸속으로 스며들었네
그 나무 아래 지날 때마다
비릿한 맛의 비늘 같은 게 솜털을 털고 일어났네
그 나무 아래 지날 때마다 뭉싯뭉싯 연기가
머리 위에서 피어올랐고 그 나무 아래 지날 때면 등 뒤로
뜨거운 게 흘러내렸다네

그 나무는 그 나무일 뿐이라는 당신의 생각은 진부한 것
그 나무는 그 나무가 아니었다면 두꺼운 책이 되었거나
주술가가 되었을 것이네
초경을 했을 때나 그 남자를 만났던 내 모든 첫, 경험들
그 사무치는 천년의 안쪽
그 아린 전율을 그 나무는 기억하고 있을 것이네
이제 아무도 그를 그 나무라 부르지 않지만
그 나무는 스스로 커다랗고, 스스로 무성하다네, 그러
므로
억겁의 시간을 달려와
그 나무 아래 폭발하듯 부서지는 유성도 있네

수많은 바퀴와 발자국들이 저녁의 블랙홀 속으로 빠져
들고 있네

　빛들이 난무하는 그 나무 아래
　커다란 숟가락을 들고 사람들이 빙 둘러앉는다네, 껍질
까지 다 파먹힌
　그 나무 아래

수련

아주 작은 호수 하나를 가졌다네
한 주먹 안에 쏘옥 들어오는 우주 같은 거
손으로 싸안으면 손바닥 가득 환해지는, 아주 작은
호수 하나를 가졌다네
운무와 달빛, 그리고 조그만 봉분 하나
햇빛과 수초, 닳아서 헐렁해진 오래된 세월에 대해서
낮고 더운 목소리로 그는 말한다네
역사책을 읽듯 그는 담담하지만, 당신은 모르지
일순, 내가 얼마나 높이 올라가 반짝일 수 있는지

호수는 호수로 꽉 차거나 공허하게 비어 있고 모든 공중
은 모든 공중으로 꽉 차 있다네
빛들이 난무한 차고 단단한 수면 위에
막 불붙인 촛불 같은
그 뜨거운 육즙 같은, 그리하여 발그레 우주가 달아오른
다네

공중에는 수억만 개의 빛들이 폭발하고
호수는 수런거리기 시작한다네

당신은 모르지

내가 얼마나 높이 올라가 반짝일 수 있는지

호수는 호수로 꽉 차 있고

모든 공중은 모든 공중으로 꽉 차 있지만

채송화

당신의 나라에 가려면 햇빛 지붕과 모래알들의 무덤을
건너야 하고 검푸른 세월인 내 안의 물살을 건너야 하지만
나는 낙타도 없고 코끼리도 없고 거룻배 한 척도
가지지 못한 걸요
물과 빛과 억겁의 찰나가 그 나라의 국경을 세워 올렸겠
지만
슬픈 피리 한 소절도 불어 드릴 수가 없어 스며드는 안
개처럼
거기에 다다를 수 없네요

햇빛이 튀고 있는 호숫가였죠
못물의 결이 너무 좋아 등불을 켜 들고 나는
내 안 찰랑거리는 우물 속으로 걸어 들어갔죠
등불은 이내 꺼지고, 거기 환하던
당신 나라의 깃발과 방언 그리고 무수한 빛의 사금파리
들, 아주 잠깐
그곳이 당신이 세운 나라라는 걸 처음으로 알게 됐죠
그러나 내가 어떻게 문을 열고, 내 안으로 다시 들어갈
수 있는지

이제는 도무지 알 길이 없답니다
나는 차단되고
연기처럼 당신은 사라져 버렸죠

덤불과 우레, 아스라한 글씨들 자욱한 여름 한때
채송화, 지다

바닷가 엘리베이터

바닷가 31층에 짐을 풀었다 엘리베이터는 진지하게 깜박
였고
비스듬히 맞은편 창이 이쪽을 보고 있다는 느낌, 내 방은
양철 필통처럼 단단해진다

이 공중에서, 내려갈 길 까마득한 저 아래 백사장
아침마다 날개 뼈에 건전지를 갈아 끼우고
공중 높이 날아올랐다가 이윽고 물가에
내려앉는 새들
공중과, 나락과, 용수철처럼 튀어 오르는 내 안의 힘줄만
으로는 다다를 수 없는
저 아래 만발한
수천수만 개의 텅 빈 잔들, 발자국들이
백사장을 거닐고 있다 한때 거닐었던 기억의 힘으로
뒤꿈치를 불쑥 들어 올리거나 우두커니 서서 오후 세
시를 기다린다
빛들이 그 속에, 소복소복 빛의 알들을
구더기 같은 빛의 새끼들을
새는, 다섯 시가 넘도록 날아오른다

날아오르면서 수없이 안전하게 내려앉는 방법을

터득하려 한다 그러므로 새는, 반어법으로 날아오른다

물과 공기의 살갗이 겨드랑이를 스치는 매 순간 그는 어디에서도

규지되지 않는다, 31층의 나도

얼른 겨드랑이에

건전지를 갈아 꽂는다

진지하게 깜박이는 엘리베이터 앞에서

공중으로 올라가는 화살표를 누르고

두 팔을 벌린다

반어법으로 나도, 엘리베이터를 타고

폐가

내가 비운 몇 년 동안 거미들은 내 집에
간소한 세간을 들여놨다
비워 둔 시간 또한 촘촘하게
그물에 가둬 놨다
길을 잘못 든 날파리와 시큼했던 시간들, 콩콩거리며 뛰
어다니던
아이들의 발자국 소리
창문으로 기웃거리던 별빛과 바람의 갈기, 모두

우주에서는 길고 긴 개기월식이 있었다 하자, 아니면
내가 도무지 내 집을
찾지 못했다 하자, 그렇다 한들
얼기설기 내 몸까지 진을 친 거미줄 같은 세월
칭칭 동여맨 쑥대밭 같은 기억의 숲들

창을 열고 커튼도 걷고 몸 곳곳에 진 친 거미줄을 털어
낸다
비명도 없이 자욱해지는 긴 복도 끝, 온통
부서진 말의 부스러기와 모래 가루의 기억들

거미는 다시 내 안에 세간을 들여놓을 것이다 아비며 어린 새끼며 집요한

탐욕의 본능까지, 호시탐탐 튼튼한 집을 세워 올릴 것이다

목화솜 같은 실을 뽑아 조개구름 같은 문패도 내걸 것이다

어쩌면, 나는, 다시, 내 집으로 돌아오지 못할 것이다

아무래도 나는, 나에게는 불편한 옷

광장

날계란 한 판을 다 들이마시고 그는 꺼억꺼억 운다
몇 사람이 기웃거리며 남자 곁에 둘러선다
반월(半月) 대열을 이룬 사람들 머리 위로 불그스레 황
혼이 뜬다
하루 종일 "싱싱한 계란 있습니다" 외치던 남자의 입이
꾸역꾸역 죽은 병아리들을 게워 낸다
빙 둘러선 사람들이 젖는다, 끈적한 깃털들
뚜벅뚜벅 네온들이 불을 켜고 공중으로 걸어 나온다

소나기

숟가락과 블라인드와 사람들의 목소리가 허공에서 맴돌
았다 소요와 구름도 공중에서 떠다녔다 바퀴 달린 의자가
빙글빙글 내 곁에서 맴돌았다

빌들이 딸랑거리며 푸른 손을 흔들고 있었을 때,
일식은 지나갔다
수많은 아이들이 별처럼 쏟아져 내렸고 나는
한 우주 속으로
배추흰나비들이 떼를 지어 날아오르는 것을
지켜보고 있었다

들끓고 있던 주전자가 고요히 멈춰 섰다, 만 리 밖에서
국경선은 증발했다고 당신이 파발을 보내왔다

초록 잎사귀들을 데리고, 가문비나무가 수평선 쪽으로
걸어 들어갔다

내 안의 계단

너로 인해 나는 세계를 경청하고
너로 인해 나는 세계를 오독한다
너로 인해 획을 긋고 지나가는
수많은 시간들에게 목례를 보내고 너로 인해 나는, 가여운 삶을
옹호한다

너는 소름 끼치는 전율이거나 벼랑이지만 너로 인해 나는 한 번도 환멸이라는 역에 내린 적이 없다
너는, 조금 높은 곳에 있는 종(鍾)이거나 아주 낮은 곳에서 세계를 계측하는 추(錘)인 듯하다

말라붙은 생선 비늘 같은 날들이 불 꺼진 발등을 밟고 지나간다
한 점 바람도 없는데 끊임없이 제 몸에 무늬를 새기는 못물 위로 결결
슬픔이 떠밀린다 그러나,

너로 인해 우주는 황혼의 식탁 위에 천 개의 숟가락을

가지런히 얹고

  너로 인해 소요로 가득하던 내 안의 계단들이 폭설 속
에 묻힌다

사랑의 힘으로 쌓아 올리는 '시'와 '시간'의 상상

유성호(문학평론가·한양대 국문과 교수)

1

최근 우리 시단은 서정시의 중심 기율로 널리 인정되어
왔던 이른바 '동일성' 원리가 미세하고도 다양한 균열을 일
으키는 징후로 가득하다. 가령 예측 가능성이나 합리적 인
과론에 기초한 이성적 사유가 상대적으로 힘을 잃고, 그
대신 불확정성의 원리나 불온한 상상력 그리고 다양한 아
이러니적 사유 등이 더 우세해진 것이다. 그래서인지 서정
시의 가장 근원적인 동기가 거울을 바라보는 듯한 자기 확
인 충동에 있다고 할지라도, 시인이 바라보는 그 거울은 투
명한 것이 아니라 어둑하게 잔금이 간 경우가 많아졌다. 이
때 그 거울을 통해 바라보는 자신의 얼굴은, 나르시스처럼

매혹에 가득찬 재귀적 환영(幻影)이 아니라, 자기 연민이나 부정을 동반한 복합적 삽화일 때가 종종 있게 되는 것이다.

송종규 근작들은 사물을 깊이 품으면서도 그것을 주체의 내면으로 일원화하지 않고, 미세하면서도 역동적인 파동을 그리는 사물을 고스란히 드러내면서 동시에 자신의 기억과 사랑의 에너지를 입히는 이중 동력에 의해 씌어지고 있다. 그래서인지 그녀 시편들은 우의적(寓意的) 개괄로는 그 의미를 온전하게 재구(再構)하기 어렵고, 다만 다채로운 감각이 결속하는 기억의 심도(深度)를 차분하게 따라감으로써 그 고유한 물질성을 사유해야만 하는 복합적 과제를 던져 준다. 그 점에서 그녀가 보여 주는 사물과 기억의 접속 과정은, 경험적 직접성과 상상적 유추 과정을 선명하게 드러내면서, 격정의 목소리와 그 안에 담긴 소멸의 전조를 암시하는 심미성을 남다르게 보여 준다 할 것이다. 물론 그 심미성을 가능케 하는 것은 그녀의 아름답고도 슬픈 감각적 구성력이다. 그리고 그 감각은 고정되어 있는 것이 아니라, 끊임없는 부재와 결핍으로 출렁이면서 송종규 시학으로 하여금 명료하게 자신을 들여다볼 수 있는 방향을 취하게끔 해 준다. 그 점, 송종규가 진정한 존재론적 생성을 욕망하는 시인이 되게끔 하는 확연한 실물적 증거가 되는 동시에, 그녀 시편을 우리 시단에 과잉 확산된 탈(脫)주체 담론의 틈에서 살아남은 '새로운 서정'의 사례로 등극시키는 힘이 된다. 이제 그 세계 안으로 들어가 보자.

2

이번 시집을 통해 우리는 송종규 시편이 자신만의 실존
적 경험에 대한 탐구에 매진하고 있음을 대번에 알 수 있
다. 내밀하게 자신의 영혼을 흔들고 사라져 간 개인 서사
차원이든, 순결했던 시간을 추억하는 서정 차원이든, 아니
면 시간과 기억 자체의 매력을 궁구하는 메타 차원이든,
송종규는 이러한 기억에 대한 섬세한 해석을 지속적으로
욕망한다. 아마도 기억이란 "분절된/ 시간의 단면이 드러낸
결들"(「흘러내리다」)이기 때문일 것이다. 물론 이러한 지향
안에는 그러한 기억을 가능케 했던 삶의 세목에 대한 성찰
의 태도가 깊이 각인되어 있다. 이 모든 것이 그녀의 격정
적이고 심미적인 사유의 일단을 보여 주는 실례가 아닐 수
없을 것이다. 다음 작품을 먼저 읽어 보자.

기억의 반을 세월에게 떼 준 엄마가 하루 종일
공중에게, 공중으로, 전화벨을 쏴 댔다 소방 호스처럼
폭포를 이룬 소리들이 공중으로 가서 부서졌다

휘몰아치는 새 떼들

머리 위에 우두커니 떠 있는 공중, 나는
공중에 머리를 박고 공중에 대해 상상하다가 공중을 증오

하다가

　털신처럼 깊숙이 발 밀어 넣고 공중에서,

　공중을, 그리워하다가 들이마시다가

　깊은 밤 불 밝힌 네 창으로 가기 위해

　내 방의 불을 켠다

　네 불빛과 내 불빛이 만나 공중 어디로 가서

　조개처럼 작은 집이라도 짓기나 한다면

　이것은 연애가 아니라 공중을 일으켜 세우는 하나의 방식

　모든 공중에, 모든 공중을, 의심하거나 편애하거나

　생략하기도 하면서

　휘몰아치는 저 새 떼들

　　　　　　　　—「공중을 들어 올리는 하나의 방식」

　시인은 공중을 들어 올리겠다고 노래하지만, 그 들어 올리는 행위는 바로 기억을 항구화하려는 시적 욕망의 한 형식일 것이다. 왜냐하면 송종규는 "높은 데로 비상하는 것은 내가 꿈꾸던 삶의 방식"(「녹색부전나비의 문제」)이라고 고백하는 시인이기 때문이다. 그녀는 '공중'에서 상상적 기억 과정을 집중적으로 수행하는데, 가령 "하루 종일/ 공중

에게, 공중으로, 전화벨"을 쏘는 장면과 그렇게 폭포를 이룬 소리들이 공중으로 가 부서지는 장면을 보여 주는 것이다. 여기서 "휘몰아치는 새 떼들"은 공중에서 편대를 이루어 "머리 위에 우두커니 떠 있는 공중"을 감각적으로 보여 주게 된다. 시인은 "멀리서도 환한 저것들"(「절박하지도 기발하지도 않은 어느 날, 문득」)을 상상하면서 급기야는 공중을 그리워하다가 들이마시다가 비로소 그 공중을 투과하면서 "깊은 밤 불 밝힌 네 창으로" 가려 한다. 자연스럽게 공중에서 "네 불빛과 내 불빛이 만나" 이루어 내는 "공중을 일으켜 세우는 하나의 방식"은, 의심과 편애와 생략을 모두 품으면서 이루어 가는 "휘몰아치는 저 새 떼들"에 대한 집요한 헌사가 된다. 아울러 그 방식은 "어떤 경이로운 전율이 우주를 스쳐 가면서 긋는"(「어느 악어 이야기」) 사물들을 적극 수용하려는 그녀의 융융한 의지가 반영된 것이기도 할 것이다. 그렇게 송종규는 "고요히 우주의 어깨가 흔들릴 때"(「수선화가 있는 찻잔」)를 순간적으로 잡아내어, 그것을 기억의 에너지로 전이시키는 고단하고도 절절한 행위를 이어 간다. 그리고 그러한 음역(音域)은 자연스럽게 그녀 특유의 '사랑' 시학으로 이월해 간다.

아닌 게 아니라 그녀 시학의 본질이라고 할 수 있는 '사랑' 시학은 시집 전체를 가득 채우고 있다. 이는 그녀 시편으로 하여금 도덕률이나 탐미주의로의 환원을 한사코 거부하는, 새로운 존재론적 열정으로 채워지게 하고 있다. 그것은 자기 자신을 좀 더 근원적이고 궁극적인 자리로 밀어 올리는 상상력, 다시 말하면 주체의 점진적 소멸을 꾀하면서 동시에 대상을 완성하고자 하는 의지의 발현일 것이다. 그녀는 생의 근원이자 궁극적 거처이기도 한 어떤 존재를 소망하면서, 바슐라르(G. Bachelard)의 말대로 언어 생성과 더불어 존재 생성이 동시에 이루어지는 과정을 지속적으로 은유하고 있는데, 슬픔을 내면으로 응결시키면서 신비로운 '사랑'의 힘을 복원하는 마음이 바로 거기서 태어나는 것이다.

이미 오래전에 그는 어스름 속으로 걸어 들어갔다네 어스름은 대개, 찬란한 노을을 후경으로 거느리기 때문에 그곳이 얼마나 깊은지 알 수가 없다네 그러나 그가 간혹 더듬거리며 작은 호숫가로 나와 앉았을 때, 그의 휜 등을 보면 알 수 있네 그 어스름 속이 얼마나 깊고 처연한지, 뜨겁고 환하던 기억 모두 그 컴컴한 곳에 내려놓았으므로 그에게 더 이상 명징한 건 남아 있지 않다네

그러나 그는 여전히 당신에게 꽃을 보여 주고 싶어 하고, 돌다리를 건너듯 듬성듬성 말의 징검다리를 건너 당신에게 다가가고 싶어 한다네

당신이 누구인지 전 생애를 다 걸고서도 도대체 당신을 모르면서

그을음을 묻힌 듯 흐린 그의 창에 다가가 나는 손가락으

로 중얼중얼 쓴다네 그럴 때, 두루마리 화장지처럼 풀리는 긴 강물 위에 붉은 꽃잎, 꽃잎들,

아무도 두꺼운 시간의 빗장 열고 밖으로 나올 수 없으므로, 아무도 불쑥 그곳으로 들어갈 수 없으므로, 이만큼의 거리에서

그러나 몸이 저무는 시간에도 그의 속은 농익어 저렇게 아름다운 문장을 피워 올리는 것이라네 불현듯 당신이 왔으면 하고, 꿈결처럼 당신이 온다면 복숭아 같은 속을 열어 붉은 꽃을 보여 주고 싶다고 비뚤비뚤 들끓는 말을 아직도 어스름 밖으로 밀어 올린다네

집요한 당신
당신은 도대체, 밥인지 환청인지
당신은 도대체, 누구의 과거이며 누구의 구름인지

나는 늘 당신의 바깥에 서 있다
———「당신이라는 호수」

사랑이란 '당신이라는 호수'를 바라보다가 거기에 잠기는 몰입과, 그것을 오래도록 견디는 결핍의 이중 행위이다. 시인은 이미 오래전에 어스름 속으로 걸어 들어간 '그'를 호명하는데, 찬란한 노을을 후경(後景)으로 거느린 그 처연

한 어스름은 "그의 흰 등"처럼 "뜨겁고 환하던 기억"을 내려놓은 채 다가와 있다. 여기서 '그'는 '당신'을 향해 사랑의 에너지를 발산하는 주체로 상정되었거니와, 우리는 '그'의 동선을 통해 "돌다리를 건너듯 듬성듬성 말의 징검다리를 건너 당신에게 다가가고 싶어" 하는 한 움직임을 선명하게 만나게 된다. "당신이 누구인지 전 생애를 다 걸고서도 도대체 당신을 모르면서" 말이다. 그 순간 '나'라는 새로운 일인칭이 등장한다. 그런데 '나'는 '당신'을 향해 사랑의 신호를 보내던 "그의 창"으로 다가가 무언가 손가락으로 중얼중얼 쓰고 있다. 그때 '나'는 "저렇게 아름다운 문장을 피워 올리는" '그'의 속을 열어 보기라도 한 듯이, "꿈결처럼 당신이 온다면 복숭아 같은 속을 열어 붉은 꽃을 보여 주고 싶다고 비뚤비뚤 들끓는 말"을 발화(發話)한다. 그러고 보니 '그'는 이미 '나'였던 셈이고, '그=나'는 항구적 부재이기만 한 '당신'을 향해 "나는 늘 당신의 바깥에 서 있다"고 말한다. 이렇게 사랑이란 "내 안에 저장된 너무 많은 겹겹 당신"(「낡은 소파 혹은 곡선의 기억」)에 대한 몰입과 결핍의 헌사로 그 속성을 드러낸다. "비뚤비뚤 들끓는 말"로 말이다. 그렇게 시인은 '당신이라는 호수'를 바라보고 아스라하게 저기 잠긴 채 사랑의 집중을 아스라하게 수행한다. 그리고 이러한 사랑의 잠언(箴言)들은 시집 곳곳에서 폭넓게 간취된다.

슬프다, 라고 말하는 것은 진부하지만 그립다, 라고 말하

는 것은 신파 같지만

　그립고도 슬픈 섬, 너는

　　　　　　　　　　—「벤자민을 위하여」에서

　수많은 당신이 앉았던 의자와 컵에 찍힌

　입술과 손가락의 지문, 그리고

　헐거운 외투,

　적요하고 고즈넉한 이것은

　느리고 게으른 삶이 부려 놓고 간 농담 같기도 하다

　　　　　　　　　　　—「느릅나무가 있는 카페」에서

　세월인 당신, 얼룩인 당신,

　가끔 슬픔이라는 짐승이 드나들기도 하지만

　당신에 대해 나는 아주 이상하고 단단한 기억을 가지고
있다

　　　　　　　　　　—「이상한 기억」에서

　당신이란 결국 한 컷의 허구였던 것

　당신이란 결국 한 생애의 불편하고 낡은 의자였던 것

　　　　　　　　　　　—「의자」에서

　너는 소름 끼치는 전율이거나 벼랑이지만 너로 인해 나는

한 번도 환멸이라는 역에 내린 적이 없다

　너는, 조금 높은 곳에 있는 종(鍾)이거나 아주 낮은 곳에서 세계를 계측하는 추(錘)인 듯하다

　　　　　　　　　　　　　　　　—「내 안의 계단」에서

　이 집요하고도 일관된 슬픔과 그리움의 언어, 일견 신파 같지만 "수많은 당신"의 세월과 얼룩에 대한 "아주 이상하고 단단한 기억", 그리고 "한 생애의 불편하고 낡은 의자"였을 뿐인 대상을 향한 불가피하고 불가능한 사랑을 송종규는 일관되게 노래한다. 그 "소름 끼치는 전율이거나 벼랑"인 대상은, 하지만 마치 만해(萬海)의 '님'처럼, 전혀 환멸을 주지 않고 항구적으로 시인의 곁에 있다. 이른바 사라져가는 현존이자, 편재(遍在)하는 부재인 대상인 셈이다. 그러니 시인으로서는 "그렇다면 나는 한평생 당신을 기다릴 수밖에"(「석벽(石壁)」) 없지 않겠는가.

　이처럼 송종규 시편은, 기억과 사랑에 관한 시적 사유와 그것의 항구화 욕망의 형식으로 씌어진다. 그래서 그녀 시편 안에 구현된 '기억'이란 경험적 시간 자체가 아니라 미학적으로 재구성된 작품 내적 시간의 옷을 입는다. 마치 오랜 지층에 남은 화석처럼, 미학적으로 재구성된 표지(標識)로서의 사랑이 그 확연한 내질(內質)로 등장한다. 그래서 그녀의 '사랑' 시편은 기본적으로 몸의 기억에서 발원하지만, 그녀가 온몸으로 견뎌야만 했던 고통스러운 시간이 녹록

지 않은 크기와 깊이로 존재했었음을 알리는 선명한 지표로 존재하는 것이다. 고통과 상처를 실존의 불가피한 부분으로 받아들이면서 그녀는 매우 구체적이고 선명한 사랑 시학을 이렇게 펼쳐 간다. 세계에 대해 격정적 맞섬의 태도를 가지기보다는, 섬세한 증언으로 그 역설의 상황을 견뎌 간다는 점에서, 그녀 '사랑' 시편의 독자성은 충분히 입증되는 것이다.

3

이번 시집에 담긴 오롯한 풍경은 이러한 기억과 사랑의 목소리 외에도 다양한 감각적 채집과 재현, 시간과 공간의 탐침과 표현 등의 구체적 세목을 거느린다. 그 가운데 돌올한 것은 시인 자신이 '시(詩)'에 대한 깊은 자의식을 보여 준다는 점이다. 물론 그것은 '시'의 양식적 탐구가 아니라, 시를 통한 자신의 존재 증명 과정을 적극 사유하는 의식으로 나타난다. 이렇게 송종규는 자신을 사물 속에서 언어를 발견하고 경험하려는 존재로 전이시키는 상상적 경험을 치러 낸다. 언어의 도구적 기능에 대한 활용을 넘어 언어 자체에 대한 메타적 탐색에 공을 들이고 있는 것이다.

켜켜 햇빛이 차올라 저 나무는 완성되었을 것이다

꽃이 피는 순간을 고요히 지켜보던 어린 나방은 마침내 날개를 펴, 공중으로 날아올랐을 것이다

바스러질 듯 하얗게 삭은 세월이 우체국을 세워 올렸을 것이다

숲과 별빛과 물풀들의 기억으로 악어는 헤엄쳐 나가고 행성은 궤도를 그리며 우주를 비행했을 것이다

천만 잔의 독배를 마시고 나서 저 책은 완성되었다

자, 이제 저 책을 펴자
잎사귀를 펼치듯 저 책을 펼치고 어깨를 구부리듯 저 책을 구기자

나무의 비린내와 꽃과 어린 나비가, 악어와 우체통이 꾸역꾸역 게워져 나오는 저 책
저 책을 심자

저녁의 우주가, 어두운 허공인 내게 환한 손을 가만히 넣어 줄 때까지

—「구부린 책」

여기서 '구부린 책'이란 "슬프고도 예쁜 모음(母音)"(「호랑나비 떼」)으로 구성된, 그러나 "캄캄한, 한때 차갑거나 뜨거웠던 몸/ 생선 비늘처럼 벗겨 낼 수 없는,/ 헐거워진 껍데기 가득 새겨 넣은 낡은 생의 기록들"(「지도」)과 고스란히 등가가 된다. 그것은 '햇빛'에서 '나무'로 그리고 다시 '꽃'과 '공중'으로 이어지는 과정 속에서 생성된 "바스러질 듯 하얗게 삭은 세월"이며, '숲'과 '별빛'과 '물풀'과 '행성'의 운동이 만들어 낸 우주이기도 할 것이다. 그렇게 오랜 시간의 축적으로 완성된 '책'은 "나무의 비린내와 꽃과 어린 나비가, 악어와 우체통이 꾸역꾸역 게워져 나오는" 우주로 몸을 바꾼다. 그리고 그 '책'은 송종규 시집에서 '말/문장/이야기/만년필' 같은 '쓰다'와 관련된 파생어들을 집결시키면서 '시 쓰기'를 은유하는 계열체를 만들어 낸다. 가령 "물방울 같은 말들이 반짝하고 사라지기 전"(「자작나무」), "말들이 튀밥처럼 싹을 틔울 때, 나는/ 시리고 아픈 세목들을 받아서 적는다네 손가락이 아프도록 쓰고 또 지운다네"(「아침의 한 잎사귀」), "도무지 가벼워지지 않는 문장 속 남자"(「납작한 주전자」), "커다란 당신// 그러므로 내 몸은 긴 이야기, 이야기는 늙지 않는다"(「사소한 햇빛」), "나는 만년필을 통해서 당신에게 건너가고 싶었던 날들이 있었다"(「만년필」)라고 노래할 때 '책'은 다양한 파생어들을 낳으면서 그녀가 구성하는 '시적인 것'의 풍요로움과 다양함을 증언한다. 이러한 메타적 관심과 열정은 다음 시편으로도 이어진다.

    잠시 비비새가 다녀갔다 녹색의 정원과 공중에 뜬 저 많은 구름의 형상들을 지나서 왔다 이글거리는 불꽃과 불꽃의 어린 파편들이 타닥타닥 소리를 내는 협곡을 건너서 왔다 한 세계에서 한 세계로 건너가고 있는 것들 연기, 환영, 구름, 우레를 건너 실오라기처럼 가벼운 깃털을 달고 왔다 그의 깃털은 굴곡진 삶을 부양하기 위해 끝없이 나래 치거나 지루한 삶에 노래를 불어넣는 일 따위가 아니라 제례(祭禮)의 형식으로 존재한다 그러므로 꿈결의 한 찰나처럼 짧은 순간 내 발은 공중으로 들어 올려질 수 있는 것이다

    고요한 부리와 가벼운 깃털로 성(聖)과 속(俗)의 내밀한 접경을 건너는 것은, 그가 삶을 대하는 지극한 방식이다 그곳은 멀고 그곳은 깊은 공중

    내 문장이 거기에 이르지 못하므로 나는 또 비비새를 기다릴 수밖에 없다 내 혼미한 날들의 기록은 결국 비비새를 위한 헌사이다

    깃털에 실려 온 봄날 오후가 창마다 연둣빛 입술을 매어 단다

　　　　　　　　　　　　 ─「비비새를 위한 헌사」

'비비새'는 녹색 정원과 공중의 구름 형상을 지나 불꽃 소리를 내는 협곡을 가파르게 건너왔다. 시인은 '비비새'라는 "한 세계에서 한 세계로 건너가고 있는 것"을 호명하는데, '비비새'처럼 삶을 부양하거나 지루한 노래를 부르는

데 멈추지 않고 "제례(祭禮)의 형식으로 존재"하는 것들은 고스란히 '시인'과 존재론적 등가가 되기 때문이다. "꿈결의 한 찰나처럼 짧은 순간"을 집약하면서 '충만한 현재형'으로 사물과 내면을 축약하려는 시적 욕망은, 이때 "공중으로 들어 올려질" 순간을 적극 부조(浮彫)한다. 그것은 "성(聖)과 속(俗)의 내밀한 접경을 건너는 것"으로서의 시작(詩作) 과정이자, 시인이 "삶을 대하는 지극한 방식"이 되는 것이다. 비록 그곳이 멀고 깊은 공중일지라도 시인은 자신의 '문장'이 거기에 이를 때까지 항구적으로 비비새를 기다리면서 "혼미한 날들의 기록"을 이어 갈 것이다. 그러니 "비비새를 위한 헌사"가 바로 '시'가 되지 않을 것인가. 그렇게 "허공에 찍힌 빛들의 얼룩"(「방어가 몰려오는 저녁」)으로부터 "한 순간 멸절로 가는 길에 우두커니 멈춰 서기도 했을"(「묘혈」) 시간까지, 송종규는 자신의 시작을 지속해 갈 것이다. 이로써 우리는 송종규 시학이 시인으로서의 자의식을 충일하고도 집념 어리게 수행하고 있음을 알게 된다. 그때 비로소 우리는 그녀 시편을 통해 "일순, 내가 얼마나 높이 올라가 반짝일 수 있는지"(「수련」)를 경험하게 되고, "난생처음인 맛, 난생처음인 풍경"(「흰 강」)으로서의 "지순한 생의 극지"(「카푸치노」)에 가 닿을 수 있게 되는 것이다.

4

주지하듯 우리의 근대는 이른바 '파시스트적 속도'를 동반한 숨 가쁜 성장 리듬을 통해 비약적으로 전진해 왔다. 뒤돌아볼 겨를 없이 앞으로만 질주해 온 이러한 아폴론적 활력은, 문명과 테크놀로지의 획기적 발전과 함께 인류의 장밋빛 미래에 대한 과학적 예견까지 풍요롭게 가져다주었다. 하지만 근대가 남긴 어둑한 그늘도 만만치 않아, 우리는 깊은 소외와 상실 속에서 폐허와도 같은 뒤안길을 목도하는 경우가 많아졌다. 이러한 상황에서, 우리 서정시는 근대의 디오니소스적 이면을 꿰뚫는 혜안을 통해 새로운 차원의 감각과 사유를 생성해 온 역사를 가지게 되었다. 물론 동어반복의 태작까지 끌어다가 상찬할 수는 없겠지만, 우리는 우수한 서정시를 통해 우리가 살아가는 폐허의 시공간을 실감 있게 경험하면서, 동시에 우리가 잃어버리고 사는 가치론적 원천을 힘겹게 상상할 수 있게 되었다. 송종규 시학은 이러한 가치의 순간적 탈환과 그것의 영구적 미완 형식으로서의 '시'를 경험케 하는 장처(長處)를 품고 있다.

물론 서정시는 언어예술이자 시간예술이다. 우리의 감각과 실재 세계를 매개하는 것이 '언어'이고, '시간'의 흐름 속에 놓여 있는 사물을 언어로 표현하는 것이 서정시이니만큼, 우리가 언어와 시간으로 서정시의 핵심을 규정하는 것은 너무도 자연스러운 일일 것이다. 그래서 서정시는 그 어떤 예술보다도 '시간'과 친연성을 가지게 되며, 언어를 통한 시간 경험을 독자들에게 선사하게 마련이다. 물론 이는 시간이라는 실재에 대해 서정시가 깊은 관심을 가진다는 것을 뜻하지만, 그와 동시에 시간의 흐름 속에 놓인 사물과 그에 대한 정서적 반응을 서정시가 집중적으로 표상한다는 것을 함의하기도 한다. 서정시의 이러한 '시간(성)'에 대한 관심이 송종규 시편에서는 '시계'라는 상징을 통해 집중적으로 나타나고 있다.

천천히 원을 그리며 커다란 시계 위를 걸어갔다 시간은 어차피 모든 사건을 관통해 가는 것 시간은 어차피 그 시절 그 미루나무 위에 머물고 있는 것

창밖에서 겨울이 첨벙첨벙 긴 울음소리를 내뱉었다 수수꽃다리는 캄캄하게 저물었다 불행이 대수롭지 않게 어슬렁거리는 길목

막차는 끊겼다 내 안에는 안개가 자욱해서 생각이 콩나물처럼 자라났는데 미어질 듯한 둑이 겹겹이었는데

발바닥이 다 닳은 열두 시가 느린 팽이처럼 굴러갔다

한 번도 기록된 적 없는 사람의 전 생애가 방금 별빛을 통
　과해 갔다, 커다란 시계가 천천히 원을 그리며 걷고 있었다
　반짝이는 미루나무, 수많은 잎사귀들

—「침착한 시계」

　시인은 '시계'를 통해, 침착하게 흘러 "모든 사건을 관통
해 가는" 시간의 속성을 노래한다. 그리고 '시간'이 한 시
절 "그 미루나무 위에 머물고 있는 것"에 또한 상도(想到)한
다. 이처럼 한편으로는 관통해 가고 한편으로는 머무르는
시간의 물리적 속성은, 시인으로 하여금 천천히 원을 그리
며 시계 위를 걸어가 주위에서 무심히 일고 무너지는 울음
소리나 캄캄하게 저물어 가는 길목을 상상하게 한다. "한
번도 기록된 적 없는 사람의 전 생애"는 그렇게 시계에 얹
혀 통과해 갔을 것이고, 이제는 거꾸로 "커다란 시계"가 천
천히 원을 그리며 걷고 있다. 시인은 어디선가 "벽장이 열
리자 소복한 시간이 나왔다 시계를 열자 햇살과 거대한 느
티나무가 나왔다 느티나무를 열자 아주 두꺼운 문장이 나
왔다"(「트럼펫」)라고 노래했는데, 그만큼 '시간'과 '문장'으
로 이어지는 송종규의 자의식은 '시계(時計)'를 자신의 시적
인 '시계(視界)'로 확장해 간다. 그래서 아예 '시계'를 제목으
로 한 작품에서는 "하모니카 소리나 벼랑, 그 봄날의 바람
처럼/ 당신은 아마 내 곁을 스쳐 갔을"(「시계」) 시간을 노래
하고, 침착하게 흘러온 시간을 두고는 "나를 통과해 간 시

간 모두 환영(幻影)"(「초인종」)이었다고, 그리고 그 오랜 시간을 따라가 보니 "주석(註釋) 가득 달린 긴 문장"(「손목시계에 얽힌 일화(逸話)」)이었다고 노래하는 것이다. 모두 '시계'를 통해 "짓무르지 않고 건널 수 있는 세월은 없었"(「분홍」)음을 고백하는 것이다. 그만큼 송종규가 노래하는 사랑의 기억과 '시'에 관한 깊은 자의식의 저류(底流)에는 '시간(성)'의 물질성과 그것에 대한 심도 있는 사유가 가로놓여 있었던 것이다. 깊고 애잔한 감각과 사유가 아닐 수 없다.

지금까지 우리가 읽어 온 것처럼, 이번 송종규 시집은 기억과 사랑의 시학, '시'에 대한 메타적 탐색 의지, 그리고 '시간(성)'에 대한 깊은 경험과 고백의 언어가 농울치는 실존적이고 미학적인 고백록으로 다가온다. 사랑의 힘으로 쌓아 올리는 '시'와 '시간'의 상상 과정을 담고 있는 이 충실한 감각과 사유의 도록(圖錄)을 통해, 우리는 그녀 시편의 한 진경(進境)을 보게 된 것이다. 나아가 우리는 그 선연하고도 심미적인 감각의 운동이 다음 순간으로 이월하면서 더 깊고 선명하고 또 활달한 풍경으로 건너갈 것을 기대하게 된다. 그 열정과 역량과 가능성이 송종규의 다음 시집을 구성해 갈 것임을 예감하면서 말이다.

지은이   **송종규**

경북 안동에서 태어났다. 1989년 《심상》 신인상으로 등단했다. 시집
『그대에게 가는 길처럼』, 『고요한 입술』, 『정오를 기다리는 텅 빈 접
시』, 『녹슨 방』 등이 있다. 대구문학상, 대구시 문화상(문학 부문), 웹
진 시인광장 시작품상 등을 수상했다.

공중을 들어 올리는
하나의 방식

1판 1쇄 찍음 2015년 9월 10일
1판 1쇄 펴냄 2015년 9월 15일

지은이 송종규
발행인 박근섭, 박상준
펴낸곳 (주)민음사

출판등록 1966. 5.19. (제16-490호)
서울특별시 강남구 도산대로1길 62(신사동)
강남출판문화센터 5층 (135-887)
대표전화 515-2000 / 팩시밀리 515-2007
www.minumsa.com

ISBN 978-89-374-0833-5 04810
      978-89-374-0802-1 (세트)

민음의 시
목록